衛斯理系列 少年版 19
追龍

作者：衛斯理

文字整理：耿啟文

繪畫：鄺志德

衛斯理
親自演繹衛斯理

老少咸宜的新作

　　寫了幾十年的小說，從來沒想過讀者的年齡層，直到出版社提出可以有少年版，才猛然省起，讀者年齡不同，對文字的理解和接受能力，也有所不同，確然可以將少年作特定對象而寫作。然本人年邁力衰，且不是所長，就由出版社籌劃。經蘇惠良老總精心處理，少年版面世。讀畢，大是嘆服，豈止少年，直頭老少咸宜，舊文新生，妙不可言，樂為之序。

倪匡　2018.10.11　香港

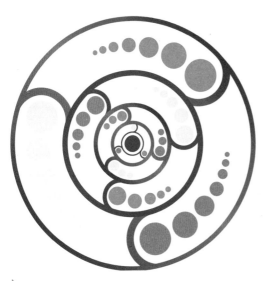

目
錄

白素

衛斯理

陳長青

孔振源

第十一章

救星

公元79年8月，是東漢章帝建初三年七月觀察到了西方七宿七星聯芒之後的一年。

七星聯芒，**大凶**，主一個大城市**毀滅**。

以此推測，東方七宿七星聯芒，也主大凶，表示**東方**有一個大城市要毀滅，可能就在這種異象發生之後的一年。

在公元79年，龐貝城的**毀滅災禍**之中，喪失了多少人命，已經無從稽考。但當時一個城市再**繁華**，聚居的人只怕也不會超過十萬人。而如今的大城市，動輒聚

5

居了數百萬居民，如果整個城市遭到了毀滅的**命運**，那真是**不堪**想像的大災禍。

難怪孔振泉觀察到這種七星聯芒的異象後，要**聲嘶力竭**地叫人阻止這場大災禍。

本來，我並不太相信地球上的人和事受來自天體的神秘力量影響，但是近十多天來，看了孔振泉的那麼多記錄，我已相信，在無邊的星空中，億萬顆星體上發生的變化，都有可能影響地球上的一切：從潮汐的漲退、無線電波的傳送，以至地球上生物的行動、人的情緒變化等等。

此刻陳長青已**震驚**得說不出話來，我也好不容易才開了口：「已經查明白了，七星聯芒，主一個大城市毀滅。如果是真的，到底是哪一個城市？」

陳長青突然說：「**東京** ●！很可能是日本的東京！」

我點了點頭，「日本每隔一些時候就會發生**地震**，尤其在1923年的關東大地震，死傷十分**慘重**。難道這次……整個東京會在大地震中毀滅？」

我和陳長青都不禁**抹了抹汗**，但陳長青忽然望着我，疑惑道：「孔振泉聲嘶力竭地叫你去阻止這場災難，可是你再神通廣大，也沒有能力**制止**一場大地震發生吧？」

我**苦笑**道：「別説阻止地震，我就連呼籲所有日本人逃離東京的影響力也沒有，只怕會被他們關到**精神病院**去。」

「對啊。」陳長青嘆了一聲。

我倆都**靜**了下來，望着孔振泉生前所睡的那張大牀，回想一幕幕孔老頭子如何**激動**地叫我去「阻止他們」，慘叫着「不得了」、「大災大難」等等的情境。

想着想着，陳長青忽然**皺眉**道：「衛斯理，不對。

他 **堅決** 要你去阻止，那就表示，這個災禍應該是你能阻止的，恐怕不是什麼大地震。」

陳長青的話也有 **道理**，我說：「我們不妨設想一下，還有什麼情況，可以使一個大城市毀滅？」

陳長青「**嗯**」了一聲，一面思考，一面喃喃道：「地震、火山爆發、海嘯、超級颶風……」

「這些都一樣，是我無法制止的 **天災**。」我說。

陳長青點點頭，突然想到：「☢ **核武器** 攻擊！」

我震動了一下，「是的，核武器襲擊，或者是核電廠意外 **爆炸**，都有能力毀滅一座城市。」

「天災不是 **人力** 所能挽回的，只有 **人禍**，才可以用人的力量去化解。難道真是核戰？」

我嘆了一口氣，「這樣的話，東方各個大城市都有可能 **受害**，到底是指哪一個城市啊？」

「這恐怕不是一時三刻就能弄清楚的，我們各自回去再**想想**吧，想一下還有什麼情況會令一座大城市毀滅，而哪一個城市最有可能遭殃。」

我點頭**贊成**，我們離開了房間，走下樓梯，看到孔振源獨個兒坐在沙發上。我忽然想起，他們兩兄弟**感情**很好，孔振源對星相學雖然沒有**興趣**，但他的哥哥一定和他提起過什麼，只要他記得，複述出來的話，或許有點**參考價值**。

於是我向他走去，説：「孔先生，能抽點時間談談麼？」

孔振源皺了一下眉，但沒有拒絕，我連忙拉着陳長青一起坐下來。

我還未開口，倒是孔振源先打開 話匣子 ：「那個箱子，你打開來看了沒有？裏面有什麼？」

我懊喪地苦笑：「開了，什麼也沒有。」

當説出這句話的時候，我突然靈光一閃，知道這些日子來，白素在地下室幹什麼了，她在 拆解 那些九子連環鎖！

她覺得我開箱子的 方法 不對，所以她要重新開一次，看看是否會有不同的 結果 。

孔振源聽了我的回答後，訝異道：「箱子是 空 的？」

我攤了攤手，「怎麼說呢，箱子中有箱子，從大到小，一共八個，每一個都有一柄**九子連環鎖**鎖着，而打開最小的那個箱子，裏面是**空**的。」

這時陳長青插了一句：「我不相信你那麼快就弄開了鎖。」

我笑道：「既然箱子已是我的，我自然不會有**耐心**慢慢去解鎖，我──」

我作了一個將鎖用力扯開的**姿勢**，陳長青搖頭大嘆：「衛斯理，你這個人真是**煞風景**到了極點，這是對孔老先生的心思大大不敬。」

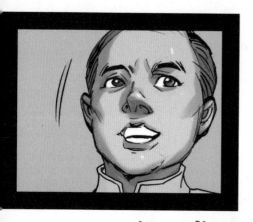

我聳聳肩，而孔振源倒是笑了起來：「家兄也真是，沒想到他居然會開這種 **玩笑**。」

我立刻趁機問：「令兄經常這樣開玩笑嗎？」

他卻 **搖了搖頭**，「他從不開玩笑。」

我怔了一怔，這麼說來，孔振泉要找我，叫我去阻止災難發生，並非什麼玩笑。我接着又問：「孔老先生生前有沒有講

過什麼特別的話，是關於他口中這場 的？」

孔振源嘆了一口氣，「他講的那些話，我根本 **聽不 **，如何記得住？」

我想了一想，嘗試問得**具體**一些：「你曾説過，他要見我，是很早以前的事，他要你找我，總得説個原因吧！當時他是怎麼説的，你記得嗎？」

孔振源**皺眉**想着，「他第一次提起你，是江星月老師還**在世**的時候，有一次江老師來看他，聊到中途，他突然把我叫了進去，對我説：『有一個人叫衛斯理，你找他來見一見我。』那時他已**臥病在牀**，説話顛三倒四，今天講了，明天就會忘記，但我當然也先答應着他。」

「那你還聽到了什麼嗎？」我忙問。

孔振源點點頭，「我既然進去了，就順便扶他坐好一些，觀察一下他的狀況，餵他**喝水**等等。」

孔振源憶述，當時兄長對江老師説：「東方七宿，星芒才現，但遲早會**聯芒**，屆時將**大禍降生**！」

江老師長嘆一聲：「天行不仁，奈蒼生何？」

孔振泉說：「依我看，這次大禍，如果所託得人，還有一線**轉機**。」

江老師唶嘆道：「是啊，那位衛先生，他是一個**奇人**，希望那顆 ✦**救星**✦ 在他的身上！」

孔振源憶述到這裏，陳長青立時一躍而起，指着我：「聽！雖然七星聯芒，**大禍**在即，但是他們兩位，早就看出有救星！而那救星可能就應在你的身上！」

我不理他，只顧**追問**孔振源：「後來令兄有沒有再提起過我？」

孔振源說：「果然，他第二天就忘了，而且我也根本不知道你是誰，也就放下不理了。不過，他每隔一些時候就會**催**我一下，我都**敷衍**過去。直到最近，他健康愈來愈差，催得更急，而那天我又恰巧聽到有人叫你的名字，所以就冒昧請你回家見他。」

我仍未找到一些有用的**頭緒**，再問：「江老師死了之後呢？」

這時孔振源好像記起了什麼，「啊對，江老師出殯那天，他堅持要到**靈堂**去，勸也勸不聽，坐了**輪椅**，我一直小心地陪着他。他在江老師的靈前呆了許久，最後說了一句：『你倒比我先走，現在只有我一個人知道大禍將

臨，除我之外，誰能 看👁 到七星聯芒異象的，✨吉星✨ 便應在此人身上。』」

　　陳長青立即又 指👉 住我說：「聽到沒有？你是吉星——對抗凶象 的吉星！」

第十二章

星象與命運

　　換了別人，若聽到自己是吉星，定必歡欣雀躍，心情愉快。但此刻我只感到**疲倦**和極大的**壓力**，因為拯救一座大城市的責任壓到了我的頭上，而我甚至連哪一座**城市**，是什麼**災禍**，怎樣去**制止**，統統都不知道。

　　我苦笑着**自嘲**：「希望你能告訴我，是哪一顆☆星☆。那麼，當你們看到這顆星掉下來時，就知道我要**死**了。」

　　但陳長青很嚴肅，「你是吉星，不能隨便**殞落**！你還要去阻止這場災禍發生！」

　　我也認真地說：「一種**力量**，如果能夠毀滅一座大城市，那絕不是**一個人**所能阻止的。」

　　陳長青反駁道：「誰說一定是要你一個人的力量去阻止？或許是從你開始，**發動**起一股力量來，與毀壞力量**對抗**。」

　　陳長青的話倒不是沒有道理，我嘆了一口氣，「好吧，我們回去再努力想想。」

　　踏出孔家大宅的時候，我拍了拍陳長青的肩，笑道：「看起來，吉星是你，不是我。」

　　陳長青卻依然很嚴肅，一本正經地說：「那有什麼**稀奇**？地球上有很多人，都受着億萬**星體**的影響。我想，那是由於人腦中有一種**特殊**的能力，這種能力因人而異，能與億萬星體放射出來的億萬種不同的**射線**產生反應，影響着**人腦**的活動。與哪一顆星體的

射線產生反應，就決定了這個人有什麼才能、思想、性格，甚至行動。」

他忽然講出了這樣有系統的一番話來，我不禁 **肅然起敬**，「你這種說法十分 **新鮮**，人與人之間性格不同、**才能** 各異，本來現代科學也難以解釋。**天才** 從何

而來？性格由什麼來決定？而你用每個人受了不同星體的 放射能量 影響來解釋，真是創舉。」

陳長青 洋洋得意，「是啊，你想想，莫扎特四歲會作曲，愛迪生一生之中發明了幾百種東西，愛因斯坦的相對論超群絕倫。有的人天生是 政治家，有的人天生是 科學家；有的人 庸庸碌碌，有的人 光芒萬丈，全是不同的人，受了不同星體影響的結果。」

我順著他的理論說：「要是兩個人性格 相似，才能 相近，那就有可能是 同一個 星體，影響了兩個人。」

　　陳長青拍了一下我的背，像**嘉許**我一樣，「沒錯，而且我相信，一個人受星體影響，是從他一離開**娘胎**就開始。當這個人來到人世，宇宙星體的運行就對他起着**決定**作用。」

　　「你這個說法，正好解釋了為什麼根據一個人精確的**出生時刻**，能推算出這個人大致命運的**占算法**。」

　　陳長青愈說愈**興奮**：「可以支持我理論的事還有很多，例如西方人把出生月日分成十二星座⋯⋯」

　　我開車送他回家，他全程都起勁地說：「當然，可能不是每一個人都受星體影響，但某些出眾的人物，即使是非洲部落裏的**巫師**、酋長、出色的**獵人**、戰士，他們為什麼會特別出眾呢？自然有某種神秘力量，給他們才能⋯⋯」

陳長青説個不停，發表着他的「星體神秘放射力量影響人腦活動論」，直到他要下車回屋裏，仍不忘 **叮囑** 我一句：「別忘了你是這次七星聯芒大凶象的吉星。」

我只好順口答應，便與他 **道別**，直駛回家。這天我早了回家，一進門，我就跑到地下室門口，**敲着門**，神氣地説：「我知道你在幹什麼了，你在浪費時間解那些 **鎖🔒**，對不對？」

我連 **叫** 了兩次，都聽不到白素的回答，還以為她不在地下室，正想開門進去看看之際，門卻「**咔**」的一聲打開了，開門的正是白素。

我一眼就看到，那八個黑漆描金的 **箱子**，整齊排列着，箱蓋都打開着，看來白素已經完成了她的 **壯舉**，連最小那個盒子上的 **九子連環鎖**，都給她用正

確的方法打開了。

　　我也看到，桌子上擺放了大大小小由 白銅 鑄成的圓環，那自然是從鎖上解下來的，每一具九子連環有十八個 銅環 ，八柄鎖就有一百四十四個大小不同的 銅環 。

　　「真偉大，你全部 解開 來了。浪費了十幾天時間去

解鎖，找到了什麼沒有？」

　　我前半句是由中稱讚，但後半句顯然是在 **嘲諷** 她，我以為她會立刻 **還擊**，卻見她臉上掠過一絲異樣的神色，我不禁驚詫地問：「怎麼？你真的在箱子裏，**發現** 了什麼？」

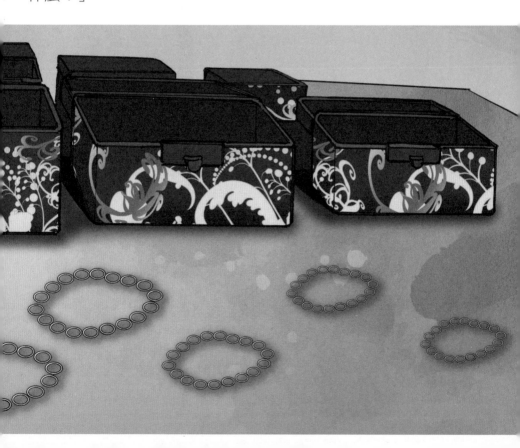

白素很快回過神來，這時才 **反擊** 道：「你不是説過，空箱子就是空箱子，不管用什麼方法打開它，也不可能 **憑空** 變出東西來嗎？」

「對啊。」我理直氣壯地説。

「那何必還問？」

「但……」我一時 **語塞**，「你剛才的神色有點不尋常，好像真的從箱子裏發現了什麼似的。」

白素聳聳肩，笑而不答。這時我着急了，「你到底發現了什麼啊？」

「如你所見，什麼也沒有發現，就只有箱子和鎖。」

我從白素的 **眼神** 能看出她一定有事瞞着我，可是我也知道，嘲諷她是我不對，所以我打算跟她 **言和**，

先把我的發現說出來，向她示好。

我拉着白素坐在 **大墊子** 上，告訴她：「我和陳長青今天有大發現，原來公元78年，有過一次七星聯芒的記錄，預兆着一年之後，一個大城市的毀滅。」

白素只想了幾秒鐘，就「**啊**」地一聲叫出來：「**龐貝城**！」

「是。所以，這次東方七宿顯示了七星聯芒的異象，很可能 *預兆* 着──」

白素接下去：「東方一個 **大城市** 的毀滅。」

我又把我目前所知的一切，包括孔振泉 字條 所寫的內容，他生前與江老師的那些 對話 ，我和陳長青討論過各種災禍和城市的可能性，

還有陳長青自鳴得意的「星體影響論」等，統統都毫無保留地向白素説了一遍。

白素一面聽，一面點着頭。當我把所有 **情報** 都向她交代清楚後，便微笑着對她説：「現在到你把你的發現和我 **交換** 了。」

怎料白素淡然一笑，「那是孔老先生的 **心思**，你想知道的話，必須『 **浪費** 』點時間，自己去領悟出來。」

我登時 **啞口無言**。

第十三章

空箱子上的秘密

當天晚上，我和白素在外面**消遣**，晚飯後到一個朋友家中閒談，那位朋友又約了好些人來，我把陳長青也叫來，大家一面喝酒一面**天南地北**地談着。我特意出了一道問題，叫大家回答：「試舉一種可以毀滅一個大城市的**力量**。」

答案倒不少，但無非是地震、**瘟疫**、核子戰爭等等，

都是我和陳長青想過的。

　　只有一個人的回答十分特別，他說：「大城市，是許多人 **聚居** 的一個地方，一定是這個地方有 *吸引* 他們住下來的理由。如果忽然之間，許多人都不再想住在這個地方了，一起 **離開**，那麼，這座大城市也等於毀滅了。」

　　這是一個很新鮮的說法，那人又說：「就如當年美國西部 淘 **金** 熱，形成了許多鎮市，後來金塊淘完，大家都離開，這些鎮市就成了 **死鎮**。」

　　我反駁道：「那是小鎮，別忘了我問的是 **大城市**，至少有數百萬以上居民，不可能全跑光吧？」

　　那位朋友大笑道：「我只是提出，在理論上有這個可能。事實上，就算是地震、核戰，也不會把一座城市 **徹底** **毀滅**，總有一點剩下來的。」

　　陳長青不同意：「維蘇威火山的 **爆發**，就毀滅了整

個龐貝城。」

　　那位朋友立時說：「雖然龐貝在當時是一個大城市，但和今日的發展相比，那不過是只有兩三萬人口的 小鎮 。」

　　陳長青眨着眼，答不上來，後來話題一轉，陳長青說到了他對☆星相學☆📖☆的研究。

人總是渴望預知自己的 **命運**，所以大家討論得十分熱烈，紛紛向陳長青請教。

我對白素使了一個 **眼色**，向主人告辭，走了出來。

夜色十分好，我們駕車到了一處 **靜僻** 的地方，倚着車子，抬頭望向 **星空**。這些日子來，我對星象已熟悉了許多，星象互古以來都存在，但只有少數人能從中看出它們對地球上的事物產生什麼 **影響**。

看了一會，我忽然想起：「第一次我們見完孔振泉回家，討論着星象的問題，你不同意神秘的影響力量是來自星球上的 **高級生物**，我説神秘力量總不會來自一塊 **石頭** 吧，你説我的話有道理，是什麼意思？」

白素指着 **天空** 説：「這還不容易明白。天上的每一顆 **星**，其實都是一塊石頭，不過體積 **大** 一點。」

我不禁啞然失笑：「原來如此。」

白素又説：「有如恆河沙數的石頭，加上無限的 空間 ，就構成了無邊無際的宇宙。可是在宇宙中，究竟存在着多少 不可測 的、影響着地球生物的 力量 ，只怕再過幾十萬年，人類也弄不明白。」

「看來你十分同意陳長青提出的 觀點👁。」

白素 遲疑 了一下，才點了點頭説：「如此巨大的石頭，物質元素複雜，一定蘊藏着特殊的 輻射能 ☢，如果不同的輻射能，與不同的人的腦部產生了某種聯繫，就有可能影響了這個人。」

我也點頭同意，「那麼，如果輻射能的 性質 改變，這個人就不再受那個星體的影響，又或者，他的性格和行為會隨着輻射能而改變。」

「這正是我的 想法 ，結論是：這個人變了，和

以前完全不同。」白素説。

回家後，我們沒有再討論這件事，到了第二天醒來，我發現白素已經出去了。我突然想起地下室裏的那些箱子和連環鎖，白素説過，我必須花點 **時間** 去領悟這堆箱子裏藏着的 **秘密**。於是我連忙到地下室去，花了半天時間，把那八個箱子，裏裏外外仔細檢查了一遍。

可是那些明明都是 **空箱子**，什麼也沒有，沒有 **夾層**，也沒有任何秘密。

我放棄了，不想再浪費時間，**轉身** 走出去時，身體不小心碰到了桌子，使桌上的許多銅環相碰，發出了一陣 **聲響**。

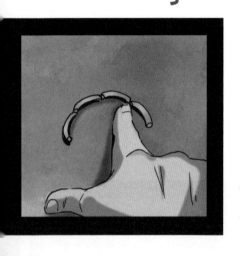

我順手拿起了其中一個銅環來，想到自己只花了時間在 **箱子** 上，卻沒有花時間在這些 **銅** **環** 上，於是我用着各種方式去把玩着這個銅環，怎料忽然之間，我手中的銅環 *變了形*！

原來銅環上有三處地方是極精巧的 **鉸 鏈**，我無意中用力一拉，就把銅環拉開了，變成了由四個 *弧形* 構成的銅枝，像四個很矮的 *小山丘* ▲▲一樣。

我呆了一呆，再拿起其他的銅環來，不論大小，每一個銅環，皆是如此。

當我把十幾個銅環拉開來之後，還發現銅環上，都刻

着十分細緻的**花紋**，那些花紋毫無規則可言，看不出有什麼意義。可是在偶然之間，我把兩個相同大小的銅環，並排放在一起時，發現花紋可以**聯結**起來。

那些銅環被拉成四個弧形後，可以並排放在一起，於是我把十八個最大的銅環放在一起，細心地依據那些**刻紋**來排列，最終呈現出一幅圖。

我看不懂這幅圖代表什麼，只見圖上面有着一些大小不一的**黑點**。

我連忙嘗試把其他銅環都排列起來，發現八組大小不同的銅環，都能拼出八個一模一樣的**圖案**來，所不同的，除了大小之外，就只是那些黑點**數目**的多寡。

在最大的「**拼圖**」上，我數了一數，一共有三十顆黑點，而黑點的數目依次減少，到了最小的一組上，

就只有七顆黑點。我注意到，那些黑點的 **位** **置** 都沒有變過，只是數目在減少。而其中有一顆黑點特別大，並且一直都在。

黑點由多而少，一定在表達些什麼，可是我一時之間卻想不出來。

我一面想，一面 **喃喃** 自語：「孔振泉是星相學家，這些圖看上去有點像星空圖，那些大小不一的黑點，自然就是各個 ☆**星體**☆……」

但這時候，我背後突然傳來白素的 **聲音**：「可是星辰為什麼是**黑色**？」

我回頭一看，白素就站在地下室的門口，由於我一直 **全神貫注** 在這八個「拼圖」上，所以她是什麼時候開始站在那裏的，我也不知道。

「你終於知道孔振泉的 🧊 **箱子**裏藏着什麼了。」
白素微笑道。

「對。原來真的要認認真真把那些**煩人**的鎖解開來，才有**收穫**。」我顯得有點慚愧。

白素走到我身邊來，和我一起看着那八組圖案上的黑點，說：「天上的星星，因為閃着 **光芒** 才給我們看到，所以在直覺上，不會用黑色來表示。就如很少人會畫一個**黑色的月亮** 🌙 一樣。」

我點着頭，「有道理。而且黑點的數目在減少，是表示 ☆星體☆ 的數目在減少嗎？但為什麼會減少？難道星體給毀滅了？二十多個星體給毀滅，有點 匪夷所思 。這些黑點到底代表什麼？」

「我本來也想不通，直至上次你提及孔振泉的那張 字條 ——」

白素説到這裏，我立即叫了出來：「是 人 ！」

我記得孔振泉那張字條上所寫的意思是：三十顆東方七宿的 主星 ，影響了三十個人的行為，他連那三十個人是誰都推算出來了，那三十個人會在二十年內 自相殘殺 ，最終造成大災難！

我看着這八組圖，在最大的那組圖上，黑點數目剛好是三十顆，然後依次減少，這與孔振泉那張字條的內容十分 脗合 。

　　我望着那些圖**目臘口杲**，白素說：「看來這八幅圖是呈現二十年裏的八個時期，黑點則代表了受那三十顆星體所影響的人，他們將會在二十年裏自相殘殺，最後剩下**七人**——」

　　這時我接上去說：「黑點的大小，很可能代表着每個人的重要性。而最大的這顆黑點，一直都在，並且變得愈來愈**大**。」

第十四章

世事如棋

「從三十個人，減少到七個，那是多麼激烈的鬥爭啊。」我嘆道。

白素沉思着說：「黑點逐步減少，可以是因為自相殘殺，也可以是由於戰爭、病故、老去，或只是喪失了影響力。」

我用力地搖了一下腦袋，讓自己清醒一點，「這三十個人是災星下凡，我們真正要關心的，是哪一個城市將會受影響而遭到毀滅。」

但見白素顯得有點 **疑惑**，

「其實星宿下凡的説法，或許不

太 **準確**。」

我立刻感到 **詭異**，「為什

麼？你和陳長青不是都認為我是

吉星下凡，可以阻止這場災難發

生嗎？」

白素緩緩地説：「那

只是一個 **傳統** 的、十

分簡單的説法，和我們所

設想的情況，不大相同。

星宿下凡，意思是這個人就是這顆星的 **化身**，自己可以

作主，有自己的思想和行為，自己是自己的 **主人**。」

我漸漸明白她的意思，她繼續說：「不過，受**★星辰☀**的影響，卻是另外一回事。地球上的一個人，可能由於**腦部結構** 🧠 或什麼原因，能與某一個星體所發出的神秘力量產生感應，從此之後，他的思想行為完全被這個星體所控制，他不再是自己的主人，而只是那個星體的**奴隸**，完全沒有了自己，可是自己卻不知道。」

「你認同我之前的假設，星體上或許有某種**生物**，在控制着特定的 *地球人* 🌍 ？」

白素搖了搖頭：「我認為更大的可能是，這種來自宇宙間億萬星體的 *影響力*，並不是由什麼生物所發出，而是星體本身自然產生的。舉個簡單的例子，月圓月缺，會影響某些特別 *敏感* 的人的情緒。**☀太陽黑子** 的大規模爆發，也可以引起地球人思想上的混亂，因而導致一些 **大事件** 發生。」

「可是月亮和太陽離我們近得多，而孔振泉所指的★星宿★，至少距離地球數十至幾百光年計——」

白素明白我的意思，立即就說：「正由於☀太陽離地球近，所以太陽上發生的變化，能影響地球上大多數人。而那些遙遠的★星體★，就只能影響少數人，甚至可能是單獨一個人。」

白素的闡釋，十分簡單明瞭。我不是什麼「星宿下凡」，只不過是恰好受到某一顆星體影響。

我情緒有點低落，白素亦嘆了一聲：「或許，我們每個人根本一直都不能自主，所想所做的，其實全受着某一個★星體★的影響。」

我依着這個方向思索道：「這樣看來，星辰可分為善、惡兩大類，惡的星辰，專門在地球上製造災禍，包括各種天災人禍，人禍比天災更可怕，就如孔振泉的推

測，青龍七宿中的三十顆星，會令三十個人在地球上造成生靈塗炭的**大災禍**。」

白素也接着說：「是，另一類善的星辰，則致力於**消滅**那些災禍，還影響了一批人，給人類在**文明**、知識、科學、藝術上不斷**發展**。」

「那麼，地球是什麼呢？是善惡兩類星辰的**戰場**？」我問。

白素想了一想，「我倒覺得，更像是一個 **棋盤** 。而在地球上生活的人類，就是棋子，受着莫名的力量擺佈，在棋盤上**廝殺**爭鬥，但勝敗對人類全無意義。」

我和白素沉默了好一會，我才苦笑道：「真沒想到，那個我以為什麼都沒有的箱子，原來藏着這麼多**秘密**。」

白素用**責備**的眼神望着我，「你必須不嫌麻煩，**解開**那些連環鎖，才能獲知秘密。」

我不禁有點 **臉紅**，要不是白素有那樣的耐性，只怕箱子裏的秘密將成為永遠的秘密了。

白素望着那些銅環，說：「我看，箱子裏所藏着的秘密，我們只探究出 **一 部分** 而已。」

「怎麼？你認為這裏面還藏着一些秘密，是我們未能看出來？」

白素 **點點頭**，「我拆解所有銅環後，發現了一些；然後你耐心細看之下，又發現了一些；如果再有第三個人來幫忙的話，或許能發現更多——」

說到這裏，我和白素不約而同地喊出了一個名字：「陳長青！」

白素笑了起來，我立即把那八組銅環全部弄亂，並回復環狀。然後我通知陳長青有空就來我家，有 **重大發現**。陳長青一聽到我這麼說，不用半小時就來到我家，

一進來就直嚷：「發現了什麼？是哪一個城市？」

我感到有點不好意思，「還沒有研究到這一點，但我們發現了孔振泉留下來的秘密，記得那個描金漆的箱子？白素已經將八把鎖正確地解開了，箱子其實不是空的，內藏着 **秘密** 。」

陳長青十分**興奮**，「什麼秘密？」

我說：「必須由你自己去發現，付出耐心，才會有意外收穫。這就是孔振泉的*巧妙設計*。」

面對自己有興趣的事，陳長青那種鍥而不捨的精神比我和白素加起來還**強**，他一下子就接受了挑戰，到地下室**埋頭苦幹**去。

我和白素太累了，第二天睡到**中午**⏰時分才醒來。當我們離開臥室時，老蔡神情緊張地走過來說：「那位陳先生……好像**中了邪**☠。」

我和白素互望了一眼，急急向樓下走去，看到陳長青**呆坐**在角落處的一張沙發上，雙眼發直，滿頭*大汗*。

我來到了他面前，勸道：「陳長青，就算你解不開那些**啞謎**，也不必勞心到這程度。」

陳長青鼻子裏發出了「哼」的一聲，翻起眼睛望了我一眼，一副不屑的神氣，「誰說我解不開！」

這時白素已給他倒了一杯水，「先喝點水吧。」

他大口大口地喝，補充流汗失去的水分。

我感到十分疑惑，問道：「陳長青，你說你已經解開了箱子裏的謎，可是我和白素解開那個謎的時候，都不至於有你這種失常的反應。你一定是發現了一些我們尚未發現的東西，那到底是什麼？」

只見陳長青神情恍惚，嘴唇在顫動着。

第十五章

陳長青的怪異行為

陳長青忽然很認真地望着我説:「衛斯理,雖然你不是很喜歡我,但我一直把你當作是我最**崇敬**的朋友。」

我問他在那些箱子和銅環上發現了什麼,他卻用如此**誠懇**的態度,説了這些莫名其妙的話,使我不禁擔心着他:「陳長青,你不會是真的中邪了吧?」

他突然握住了我的手,連眼圈也在**發紅**,身體微微

發抖，看來心情相當激動。

我一時之間不知所措，「有話好説，不要激動。」

陳長青顯然真的想説什麼，可是吞吞吐吐，欲言又止。

白素用輕鬆的語氣説：「你們怎麼了？像是生離死別一樣，快要唱『風蕭蕭兮易水寒』了。」

白素形容陳長青一副生離死別的模樣，好像荊軻要去刺秦皇，明知自己一去無回那樣。本來她這麼説只是開玩笑，想緩和一下氣氛，怎知陳長青的反應大大出乎我們意料。他竟像中了重拳一樣，突然鬆開了我的手，身子搖晃不定，向後連退了兩三步，面色鐵青。

我和白素都驚呆住了，只見他轉過身去，扶住了牆，用力地深呼吸，過了好一會才稍為冷靜下來，用疲乏的聲音説：「白素，你怎麼也學起衛斯理來了？那一點也不

好笑。」

　　他一句話得罪了我和白素兩個人，但白素脾氣好，溫柔地笑了一下，「對不起，近朱者赤，近墨者黑。」

　　好啊，都拿我來開玩笑了，我正想反擊之際，卻見陳長青也笑了一下，身子轉過來，拍了一下我的肩頭問：「衛斯理，你花了多久才解開銅環上的秘密？」

　　難得他情緒穩定了一點，我回答道：「最*花時間*的部分已給白素解決了，我真佩服她竟有耐心將那八柄九子連環鎖——**解開**，把所有銅環全拆下來。因此我後來所花的時間不算很久。」

　　陳長青「嗯」了一聲，直接就說：「我認為那些**黑點**，代表着三十個人，在經過了種種變化之後，剩下七個。」

　　我禁不住雙手搭在陳長青的*肩頭*上，興奮地說：「對，你也解開孔振泉的 **圖謎** 了！」

陳長青又 **沉默** 下來。我和白素便拋磚引玉，將昨晚討論過的種種聯想，全向他說了一遍。看看他有什麼新的 **領悟**，與我們分享。

陳長青聽完我們的敘述，突然用 **試探** 的語氣問：「那麼，你們打算怎樣阻止這場災禍？」

我禁不住苦笑，「阻止？我們連哪個城市遭殃，是什麼災難，都不知道，哪裏有 **能力** 阻止？」

陳長青點了點頭，我覺得他神態有異，便問：「你知道了？你是不是已經從那堆銅環中想到了什麼線索？」

陳長青沒有回答，我着急地追問：「是什麼？是天災還是人禍？應該是人禍吧？與那三十個人有關？他們是誰？他們會做什麼？你到底 **知道** 了多少？」

陳長青卻突然站起來，故作輕鬆地說：「我知道的和你們一樣。我要 **告辭** 了，還有很多事要做。」

他説完後，伸出手來，先和我握手，又再和白素握手，最後還跟我**擁抱**了一下才離開。

我真的完全呆住了，陳長青今天的行為，實在是**怪異透頂**。

「他好像有什麼事**瞞**着我們。」白素皺眉道。

「絕對是！」我說：「他分明在那些銅環裏知道了一些什麼，卻沒有對我們說！」

「可是他為什麼不告訴我們？」

「誰知道。這個人今天**古古怪怪**的，完全不像他平時的**為人**。」

「我有點擔心，感覺這不是一件**普通**的事。」

我**點頭**認同，「剛才他好像很着急要去做些什麼，我打算找人留意住他的**行動**。」

於是，我委託了小郭的私家偵探社，派幾個精明的人，去跟蹤陳長青，看看他究竟在搞什麼鬼。

私家偵探每天向我們報告陳長青的最新動態，一連三天，我和白素對陳長青的**行徑**都有點摸不着頭腦。

第一天，陳長青到一家律師行，立了一份**遺囑**。偵探買通了律師行的職員，得知遺囑的內容，當中最怪異的一條是：陳長青會在某一天**打電話**通知律師，由律師接到他這個電話開始，如果三十天之後，還未接到他第二個電話，就將他的所有**財產**交給我和白素處理。這實際上是一份財產處理委託書，但效果有如遺囑。

我和白素都不禁皺起了眉。我說：「陳長青到底想去幹什麼？」

白素沉思道：「看來，他要去做一件十分**危險**的事。只要三十天內再沒有消息，就完全可以判定他已經死了。」

同一天，陳長青還特意回到自己的中學**母校**，在校舍內外**徘徊**良久，就好像一個快要離世的人，回去自己成長的地方，**緬懷**過去。

　　而第二天的報告顯示，陳長青一早就到了父母的墓地 **拜祭**。

　　陳長青的父母在他少年時就已經去世了，我從來也不知道陳長青這樣 **孝順**，那天既非清明重陽，亦非他父母的生死忌日，或什麼特別日子。但連結起他的其他行為來看，這一切都好像是「**告別儀式**」。

　　白素看了這段報告，突然吸了一口氣說：「記得那天我說『風蕭蕭兮易水寒』時，他那 **激動** 的樣子嗎？」

　　我點了點頭，白素隨即道：「那可能是由於我說中了他的 **心事**。看來當時他心裏已經準備要去做一件生死攸關的事，所以他一連串的 **言行**，都充滿了生離死別的感覺。」

　　白素的推測非常合理，但我目前還不知道該怎麼做，只好繼續觀察着陳長青的 **動態**。

據偵探報告説，那天陳長青離開 墓地 後，去見了很多人，一直忙到晚上，然後一個人在酒吧買醉，和一些莫名其妙的人 乾杯 ，喝至酩酊大醉。

而到了第三天，陳長青在早上打了幾個電話。由於我的要求是「全面跟蹤」，所以昨夜趁陳長青喝醉時，私家偵探借機接近，暗中在他的手機上裝了 偷聽 軟件。

偵探社把陳長青早上那幾通電話的 **錄音**  傳送給我，其中有一通電話，我和白素聽了都感到 **吃驚**。對話如下：

陳長青：「昨天晚上，在青島酒吧，我得到了這個 **電話號碼**。」

一把溫柔的 **女聲** 回應：「有什麼指教？」

陳長青一聽對方的聲音，語氣變得有點 **猶豫**：「你

……真的有我想要的東西？」

那女生嬌柔地笑道：「你又沒說你想要什麼，我怎麼知道？」

陳長青清了一下喉嚨說：「聽着，我誠心誠意，想要一些東西……譬如說，你……職業上所使用的一些精巧工具，我願付任何代價。」

女聲：「我有很多工具，不知道你想要哪一款。」

陳長青：「你認為最有效，又可以避過所有監測的工具。總之，能一擊即中的。」

女聲：「那樣的工具很貴，代價是三十萬美元。」

陳長青：「沒問題，我馬上準備錢，你怎麼把東西交給我？」

女聲：「下午兩點，到機場公眾電話第三十號去，等我進一步的指示。」

陳長青：「好，一言為定！」

他們的通話到這裏結束，而我和白素幾乎可以肯定，陳長青是在向一名**職業殺手**購買武器！

第十六章

致命武器

偵探社給我的報告説，陳長青早上打完電話，一直到中午才出門去吃午飯，然後 **兩手 空空** 就到機場去。

他在機場第三十號公眾電話的旁邊等着，等了很久。

每當有人使用這台 **公眾電話**，陳長青就顯得有點緊張；但當他發現用電話的人，並不是他等待的人時，他又顯得十分**失望**。

等了一小時後，有一個坐 **輪椅** 的老婦人，由一名小姑娘推着來到公眾電話前，那小姑娘取出了一張 **鈔票**，想和陳長青找換硬幣。陳長青起初很 **不耐煩**，

但是那小姑娘和陳長青不知道講了些什麼，陳長青就欣然接過了鈔票，把硬幣給了小姑娘。然後陳長青就離開機場，回到家裏，一直沒有再出來。

看完了這報告之後，我和白素都異口同聲 \\叫// 了出來：「他們已經 交易 了！」

但白素又皺眉道：「可是陳長青在電話裏不是說『我馬上準備錢』嗎？怎麼他兩手空空去機場？」

我想了一想，便恍然大悟：「那硬幣！陳長青換給那小姑娘的，不是普通硬幣，而是儲存了 加密貨幣 的裝置。負責監視的偵探沒有看清楚。」

但白素仍疑惑，「這個說得通，但是陳長青買的東西又是什麼？難道小姑娘給他的 鈔票 其實是一件武器？」

我一臉迷惘，「這一點我也想不通。他不是委託 殺手 去辦事，而只是要殺手提供他殺人的工具。難道他準備去

殺什麼人，而且必須他**親手**去做？」

「一定要去阻止他，我感覺他正準備做一件非常**危險**的事。」白素説。

「嗯！我馬上去找他説清楚！」

我説完就立刻出發，**駕車** 來到陳長青的屋子外，用力按着門鈴。

可是等了近三分鐘還沒有人來應門。我忍不住用力**踢**着門，發出驚人的**砰砰巨響**，在我踢了七八下之後，門突然打開，我幾乎一腳踢到了來開門的陳長青。

我「**哼**」地一聲問：「那麼久也不開門，在幹些什麼**見不得人**的事？」

陳長青忙道：「我⋯⋯正在 浴室 ⋯⋯」

我信他才怪，一手推開了他，大踏步走進屋裏。

陳長青叫了起來：「喂，這裏是我的**家**！」

　　「暫時還是，但等你三十天沒有消息之後，我就有權處置這幢 **屋子** 了。」

　　陳長青聽了之後，面色 **難看** 之極，怒道：「律師行應該開除不能 **保守** 秘密的職員！」

　　「你應該知道，世上根本沒有所謂秘密。」

陳長青突然 ❄冷笑❄ 了一聲，「誰說沒有？我的行動就是一個秘密，你不知道我要去做什麼，而且，不論你用什麼方法，我都**不會**告訴你！」

我的確不知道他準備去做什麼，我嘗試**軟硬兼施**，苦口婆心地勸他：「不論你要去做什麼，身為**好朋友**，我只勸你一句話：別去做。你已經把

自己放在一個極危險的 境地 之中，不要再向前跨出半步，不然你會後悔莫及。」

陳長青聽着，望了我片刻，然後又別過頭去，淡然

道：「一個人的一生，總要去做一些事的。沒做才**後悔**。」

我**着急**起來了，「陳長青，你是一個很有才能的人，但是殺人並不是你的**專長**。殺一個人，並非有了精巧的殺人工具就可以實現。」

陳長青一聽，氣得跳了起來，**面色煞白**，「你太卑鄙了！」

他罵我卑鄙，自然是因為他從我的話中，知道了我一直在*跟蹤*監視他。

我沉聲道：「誰叫我們是好朋友。要是別人，我才沒興趣管他。」

陳長青勉強笑了一下，我嘗試旁敲**側擊**：「對於各種精巧武器，我比你在行，你得到的武器是什麼？**有效程度**如何？不妨拿出來，我多少可以給你一點意見。」

陳長青得意非凡地說：「如果我要**殺**你的話，你的身

體已開始變冷了。」

這時我才注意到，他手上戴了一枚以前從未見過的戒指，那戒指有一個平方公分大小的平面，似是精鋼製造，上面雕刻着古樸的花紋。一個男人，手上戴着這樣的一枚戒指，不會引起旁人特別注意。

我亦恍然大悟，機場那個小姑娘給陳長青鈔票時，同時夾着這細小的戒指一併給他的。

我伸手指向陳長青的戒指，他點着頭說：「有效射程是十公尺。」

陳長青真的準備去殺人，我感到一陣發涼，他為什麼突然有了這樣的念頭？我完全沒法子想像。

我追問道：「射出來的是毒針？毒藥的成分是什麼？」

「是南美洲一種樹蛙的表皮提煉出來的毒素。」

我雙手握着拳：「這種毒素一進入人體，可以令中毒的人在三秒鐘之內**心臟麻痺**而死。」

陳長青點着頭，「正是如此。」

我禁不住激動道：「陳長青，你到底想幹什麼？快停止你的**危險計劃**！」

陳長青「哈哈」地笑了一聲，「或許，正如我們所推測，我的行為不是由我自己決定，而是受某一個星體的影響和**支使**。我想不做也不行，對不對？所以，你不論講什麼，都改變不了我的**行動**。」

「是不是和孔振泉在銅環上留下的秘密有關？」

他的怪異行為，是那天晚上在我家的地下室，研究完那些銅環之後開始的，所以我這樣試探着問他。可是陳長青**抿着嘴**，一點反應也沒有。

無論我直接問、旁敲側擊、軟硬兼施、用盡各種方

法，陳長青依然不肯對我 **坦白**。他冷冷地說：「別浪費 **氣力** 了，我不會告訴你的。」

我嘆了一聲，「你不應該把我放在 **敵對** 的位置上。真的，我十分 **誠心** 來幫你，當我和白素猜到了你準備去殺人，你知道我們有多擔心嗎？我立刻就趕過來找你，因為我不想白白失去你這個 **朋友**。」

平時我很少説這樣的話，但這時，我真的感到陳長青在進行一件非常危險的事，所以不得不誠懇地勸阻他。

陳長青聽了，神情 **感動**，呆了半晌，才嘆了一聲：「你實實在在是個笨蛋。」

我料不到我一番 **好心**，卻換來他這樣的一句話來，真叫人生氣。

陳長青看出了我神情 **難看**，忍不住泄漏了半句：「我説你笨蛋，是因為有一個相當重要的關鍵，你始終沒有明

白。」

　我立刻追問：「好，**我笨**，你講給我聽。」

　陳長青卻笑了起來：「我就是要你 **不知道**。」

第十七章

衛斯理 是笨蛋

和陳長青認識了那麼久，對他最無可奈何的就是這次，我無精打采地伸出手來，「那只好祝你**平安**。」

他激動地和我*握着手*，握了又握，真有一種生離死別的感覺。

我心裏不禁一陣難過，忍不住再次提醒他：「你要知道，你去殺一個人，也有可能被殺，**機會**同等。」

陳長青深吸一口氣，極力使自己平靜，「我知道。而且我更知道，我**被殺**的可能性，比成功殺人**高**出了不知多少。」

我嘆了一聲，「既然這樣，你為什麼**堅決**不讓我幫助？」

陳長青一聽，立時轉過了身，表示一點也不接受我的**好意**，而在他轉過身去之際，我還聽到他又罵了一句：

「**笨蛋。**」

他接連罵了我兩次笨蛋！

我看着他**走進屋子**，關上了門，我也只好駕車離開。但駛過了街角，在陳長青看不到

的位置上，我停了車，立刻打電話給白素，因為我已決定**親自**跟蹤監視陳長青。

我匆匆地説：「把跟蹤用的**工具**都帶來，從現在起，我和你，二十四小時盯着陳長青。他已經知道我派**偵探**跟蹤他，會特別小心，所以我們要**親自出馬**了。他果然準備去殺人，可是我完全無法知道他要殺什麼人，我們必須**制止**他。」

我交代清楚後，立即下車，步行回去陳長青的屋子，一路小心翼翼，不讓陳長青發現。我躲在他屋子外的牆角處，可以看到其中一個房間亮着**燈光**，那是陳長青的工作室。我一面**監視**，一面等待着白素。

不到二十分鐘，白素便帶來了工具。我壓低**聲音**，把我和陳長青見面的經過，扼要地敘述了一遍。白素並不問別的問題，只説：「他為什麼兩次罵你**笨蛋**？一定有一

個重要的事情，我們**忽略**了。」

「是，但那是什麼？」

白素皺着眉，想了一會，「**答案**應該在那些箱子或銅環上，他可能看到了一些我們沒看出來的秘密。」

這時候，我從白素帶來的工具中，取出了一個極先進的蜜蜂形**偷窺鏡頭**，看上去完全像真的**蜜蜂**一樣。我用手機就能控制它到處飛，而手機屏幕會顯示出它所拍攝到的**影像**。

我操作着蜜蜂鏡頭，飛到那亮着燈的工作室窗外，但發現拍攝不到室內的情況，因為屋裏拉上了窗簾。幸好這蜜蜂鏡頭還具備極靈敏的**紅外線**探測功能。我立即開啟了這功能，便可以探測到工作室裏的**溫度**分佈情況。

我和白素看着手機顯示的畫面，登時呆住了，愈看愈覺得**不對勁**，因為工作室裏根本沒有**人**的迹象。

「中計了！」我立刻跑到屋子門前，用白素帶來的一件 **開鎖工具**，很快就弄開了鎖，推門進去，直奔到那間亮着燈的工作室。

我推開房門，只見裏面有各種各樣的儀器和莫名其妙的設備，是陳長青為了和 **外星人** 聯絡、研究 **靈魂** 是否存在等等各種怪異用途而設的。

在房間正中，是一張巨大的桌子，我看到桌子上有一張很大的 白紙 ，上面寫着兩行字：「衛斯理，我知道你會親自出馬跟蹤，所以你從前門一走，我就從後門 **溜** 了，哈哈！」

我和白素一看到這兩行字，就像泄了氣的 **氣球** 一樣，我嘆了一聲，「我果然是笨蛋，居然讓他逃脫了！」

「要設法把他 **追** 回來。」白素説。

「可是我們完全不知道他要殺的人是誰,他將會去哪裏?」

白素苦笑了一下,「**海陸空**三處,要密切監視,只要他沒有 離境,我們找到他的機會就大得多。

我「嗯」了一聲，便打電話給小郭，叫他立即動員偵探社所有的人，到所有可能 **離境** 的地方去，一見到陳長青，就算把他的腿打斷，也要將他 **抓** 回來。

而我和白素也分頭行事，我留在陳長青的屋子裏搜尋線索，嘗試查出陳長青的行動是什麼。

白素則回到家裏，再細看地下室裏的那些  **箱子** 和 **銅 環**，希望能看出陳長青所看到的秘密。

可是我在陳長青的屋子裏逗留了三天，卻找不到任何有用的線索。而白素亦告訴我，她在那些箱子和銅環上，沒有什麼 *新的發現*。

一天一天過去，陳長青 **音信** 全無。

我們天天留意着 新聞 ，看看有沒有什麼轟動的暗殺事件，或者陳長青 **屍 體** 被發現的消息。但一切風平浪靜，沒有什麼值得注意的新聞。

由於陳長青的屋子非常大，東西十分多，而我又汲取過教訓，明白到做事要有 **耐** 心 才有收穫，所以我花了不少時間慢慢去搜查陳長青的大屋。

但一直沒有收穫，直到第七天，我意外發現陳長青的大屋裏，有一個十分 **隱蔽** 的地下室。我好不容易才開了門進去，看見裏面有睡牀、廁所、冰箱、桌子等等，就像一個小小的 **居所**。

我還發現桌子上有不少吃剩的 餅乾、麵包、飲品等等，好像有人剛住過的樣子。而從麵包的 **發霉** 程度來推斷，住在這裏的人大概離開了四五天，絕對不超過一星期。一想到這裏，我登時呆住。

「我 **中計** 了！真真正正的中計了！」

我一直也感到疑惑，為什麼那天陳長青在我、白素和小郭派來的偵探嚴密監視下，那麼容易就從 **後門** 溜走了？

現在我才知道，原來他根本沒有走，只是**假裝**溜走了，引我們動員所有人去追他。其實他卻躲在這地下室裏，等我們疏於監視這大屋的出入口時，他才**靜悄悄**地從後門逃走的。我估計他是在我逗留於大屋的第二或第三天，半夜趁我熟睡時悄悄**溜走**的。

「我真笨！」我不禁罵了自己一聲。

然後我留意到地下室的垃圾桶裏有一大堆**紙團**，我連忙倒出來，逐一翻開來看，發現全是陳長青草草寫下的**思路**，原來他有這個習慣，當思考一些複雜的事情時，會一邊用**紙筆**記下自己的思路，方便理順思緒。

我以為從這些紙團中，能得知他那個**瘋狂計劃**的內容。但是我發現這些紙團所寫的，都是很久以前的事，沒有一張與他正在進行的**秘密行動**有關。當中只有一兩張是最新的，記錄了我在大屋中，頭兩天的作息時

間，然後他擬定了第三天**半夜** 溜走的計劃。

我望着這些沒有用的紙團，感到失望沮喪之際，突然**靈機一動**，立刻離開大屋，開車回家。

沿途我不斷 **打電話** 給白素，可是都接不通。

由於我急於回家，開車有點匆忙，恰巧路邊有一個**中年婦人**也匆忙過馬路，我的車子差點撞到了她。

我連忙下車看看她有沒有 **受傷**，這個中年婦人操着

濃重的 **鄉音**，説她沒事，幸好差半寸沒有碰到，然後她就匆匆忙忙拖着 **行李** 🧳 走了。

我回到家裏，叫了一聲白素，老蔡説白素不在家。我二話不説就跑到地下室去，一推開門，就立即撲向廢紙簍，當我看到 **廢紙簍** 🗑 裏有一些紙團，我感覺自己看到一些 **曙光** 了。

我把那些紙團拿出來，放在桌上攤平，看到上面寫着十分潦草的字，是陳長青的 **字迹** ✒。果然，那天他在這裏研究銅環上的秘密時，也用紙筆寫下了自己的思路。

我將他所寫的紙團集合起來，一共有六張，看完之後，不禁 **目瞪口呆**。有關陳長青的怪異行為，他究竟決定去做什麼，此刻我都完全明白了。我忍不住罵自己是笨蛋，陳長青罵得不錯，我真是 **笨蛋**！

第十八章

陳長青的重大發現

陳長青在那些紙上寫的字，十分潦草，因為他是寫給自己看👁的，有一些字簡直潦草得要靠 前文 後理 去猜測。

看完那幾張紙上的內容，我瞬間有了決定，立刻衝出了地下室，用最短的時間化裝，包括用藥水浸浴，使全身皮膚看來黝黑而粗糙，把頭髮弄短、變硬等等在

內，這種徹底的化裝，最快也需要幾小時。

我用藥水浸浴的時候，閉上了**眼睛** 👁，把陳長青所寫的內容再想了一遍，那六張紙寫下了他的思考過程，是極其**縝密**的推理，我能將它們的次序排列出來。

第一號紙上，他寫着：「七星聯芒，象徵一個大城市的**毀滅**，可以肯定的如下：一、這個大城市在**東方**；二、這個大城市被毀滅是由於某種**力量**的破壞；三、……」

第二號紙，陳長青寫了：「孔振泉叫衛斯理去**解救**這場災難，可是一個大城市要毀滅，衛斯理**本事**再大，又有什麼能力去解救呢？」

這也是我和他討論過的問題，陳長青在紙上列出了許多能**滅城** 🏢 的災難，例如地震、海嘯、火山爆發、核子戰爭、殞石撞擊、瘟疫等等。

　　然後他刪去所有 **天災**，下了一個結論：「既然是衛斯理能解救的，那就一定不是天災，因為他 **沒能力** 阻止天災發生。」

　　在第三和第四號紙上，陳長青分別畫了兩幅「七星聯芒」圖。雖然他沒有 **親眼** 👁 見過七星聯芒的異象，但我曾經詳細地告訴過他，並且在星空圖上指出過七顆星的 **位** **置**。所以陳長青畫出來的圖形，十分正確，使我一看就認得。他還在七股星芒匯集的那一處，畫了一個小圓圈。

　　兩幅「七星聯芒」圖的不同之處在於，第三號是「**原** **圖**」，只畫了那七顆星和星芒交匯點。第四號則把東方七宿的星都用線聯結起來，加上許多 *細節*，繪畫出一條栩栩如生的 龍，這樣的圖，陳長青曾經在我書房裏的 **★星空圖★** 上畫過，七股星芒的匯合點剛好在龍的

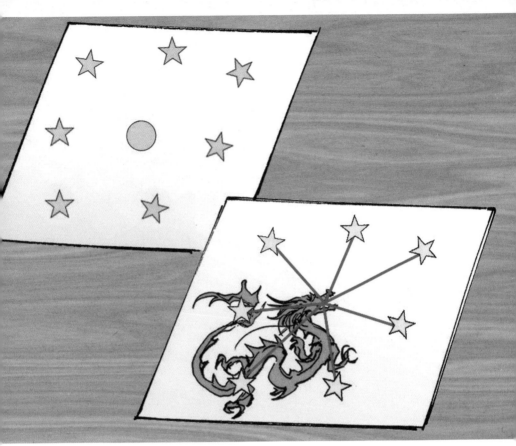

 嘴部。

　　他在第四號紙上寫的文字註解是：「七星聯芒，看起來，像是一條 惡龍，要吞噬什麼。」

　　而第三號紙上則寫上：「七星聯芒，與第八組銅環拼成的圖胞合。」

沒錯，第八組銅環的 拼 圖 上，只剩下七顆黑點，而那些黑點的分佈，剛好與七星聯芒的那七顆星一樣，所以我和白素曾認為，那些銅環拼出來的圖是星空圖，可是我倆又覺得，**黑 點** 所代表的，不是星辰，而是**人**。

在第五號紙上，陳長青給出了答案：「銅環拼圖並非星空圖，而是 **地圖**！」

當時我一看到這句，不禁心頭一震，繼續看下去，陳長青寫着：「是！就是那個地圖！」

陳長青沒有寫出他 **聯想** 到的是哪個地方的地圖，但從他的 **字** 能看出，當時他的手一定 **抖** 得很厲害。

銅環拼圖所展示的是地圖？這是我和白素從沒想到過的，我看到陳長青這樣寫後，立刻運用聯想力，將不同國家或地方的地圖套上去，果然發現，有一個 **地方** 的地圖

非常脗合。而且，將這地圖套在第四號紙所畫的惡龍圖上的話，那麼，惡龍要吞噬的那個交匯點是哪一個城市，就**呼**之**欲出**了！

陳長青還寫了：「黑點既代表星辰，也代表受**災星**操控着的七個人，而黑點在地圖上的位置，就代表了這七個人的所在，黑點愈**大**，愈是**關鍵**。」

到了第六號紙，陳長青寫下了很多字句，包括：「星體能**驅使**人，但如果這個人不再存在，星體便沒有驅使的對象，就好像有着控制器，但**機器人**已遭到毀壞，控制器又有什麼用？」

陳長青想到了這一點，接下來他再想到什麼，就顯而易見。他又這樣寫：「沒有人能改變**星體**，也就是說，沒有人可以去**毀滅**控制器，那麼，唯一的方法，就是去毀滅受控制的機器人！」

所以，陳長青想到了去 **殺人**。在他想來，那不是去殺人，只是去毀滅受災星操縱的「機器人」，阻止**狂悖愚昧**的行為通過「機器人」來執行。

他在第六號紙上繼續寫：「孔振泉對，衛斯理是解救這個災難的救星，但不代表由他直接去做，他只是化學變化中的『**催化劑**』，促使我解開這個謎，而行動的責任自然就落在我的身上。這是 **天意**，天意安排得很好，衛斯理夫婦是我最好的朋友，有着美滿的家庭，他們不要去，讓我去最好，最好。」

這就是陳長青全部的 **思路過程**。我看完之後不禁大罵了一聲：「笨蛋！」

這句「笨蛋」既罵他，也罵我自己。我罵他居然作出這樣**瘋狂魯莽**的決定；亦罵自己怎麼會感受不到陳長青的苦心，他一直説我是他的 **好朋友**，原來他在替我

冒險，代我擔起救星的責任。

　　我完成化裝後，老蔡看到了我，連忙拿起 **壘球棒**
向我衝過來，喝問：「你是誰？」

　　「老蔡，是我！」我沒有裝起 **聲音**，他立刻認
出了我。

老蔡動作**僵住**，目瞪口呆地望着我，「天，**你們**準備幹什麼？」

「你們？」我大感疑惑。

「你和白素啊，她也化了一個 **中年婦人** 的裝，完全認不出來，嚇了我一跳！」

我連忙問：「她裝成什麼樣子了？快告訴我！」

老蔡努力地 **憶述** 白素的裝扮，我一聽了，再結合白素出門的時間，便想起我開車回來時，差點 **撞到** 的那個中年婦人，當時我下車扶她，離她那麼近，居然也 **看不出** 她就是我可愛的妻子！

我心中實在佩服白素的 **化裝術**。而據老蔡說，白素也是從地下室裏出來後，變得很焦急，過了幾小時，就忽然以一個完全 **陌生** 的中年婦人形象出現，嚇得老蔡以為什麼人潛入了屋內。

我知道白素一定也發現了陳長青的那些 **紙團** ，她明知我遲早會去阻止和營救陳長青，亦知我行事不及她謹慎，所以她決定自己先去，希望能快一步幫我找回陳長青。

陳長青和白素都是為了維護我而去 **犯險** ，我實在十分感動，我決定無論如何也要把他們兩人安全帶回來。

我向老蔡交代了兩句就離開了 **住所** ，趕忙去弄假身分證明、假證件，那倒 **簡單** 得很，我至少認識一打以上專門做這種事情的人。一切準備妥當，我便登上飛機，前往陳長青所估計，那顆最大黑點所在的位置去。

第十九章

異地之行

為防止被追蹤到身分和行蹤，我甚至沒有帶**手機**前往那個地方，我估計白素也一樣。

但我並不擔心如何和白素**聯絡**，因為我們有一個十分**原始**的聯絡方法。當我們在一處**陌生**或充滿危險的地方失散了，而又完全沒有其他方法聯繫的話，我們會在這個地方的一些著名場所，留下只有對方才看得懂的**記號**。

譬如說，如果在巴黎，我們因某些原因完全失去聯絡，就會在**巴黎鐵塔**、羅浮宮、凱旋門附近，留下

記號；如果在 倫敦，就會在 西敏寺大鐘、

白金漢宮附近留下記號。

這次白素不知道我來，也不想我來，所以她可能沒有

留下記號。但我依然可以先留下一些記號，當她 看

到了，知道我既然已經來了，自然也會留下記號與我聯

絡，不會讓我 盲目 地尋找下去，暴露於危險之中而不

顧。

於是我找到了 投宿 的旅店後，便立刻前往六、七

處著名的地方，留下記號。

第二天，我又到我留下記號的那些地方去看看，卻沒

有 收穫。

第三天再去，一連幾處地方都沒有發現，直至來到最

後一處，那是一個相當著名的 公園，在一座有著 龍

形浮雕的牆前，我看到我留下的記號旁邊，多了一個同

樣的記號。

我真是**大喜若狂**，連忙四面觀察。這時已經接近**黃昏**時分，附近的人並不多，有幾個遊客正在大聲讚歎建築物的美妙。我看到在一株**大樹**旁，站着一個中年婦人。

我幾乎叫了出來：「白素！」

可是那中年婦人卻**拖**着一個五六歲大的*小男孩*。怎麼會有一個小孩子呢？我猶豫了一下，那中年婦人卻在這時向我望了一眼，然後拉着那男孩，不經意地走了開去，背對着我。

但她的手放在背後，向我作了一個*手勢*。

那真是白素！她這樣的*打扮*，再拖着一個小男孩，真是任誰都認不出她。

　　我和她保持着一定的 **距離**，一直到離開了公園，路邊的行人相當多，白素俯身對那小男孩講了幾句話，小男孩便蹦跳着，**一縷煙**跑走了。

　　那時天色已黑，我在白素 **過馬路** 時追上了她，她向我望了一下：「化裝倒還不錯。陳長青 **寫** 的東西你已經看過了？」

「看過了。你怎麼不跟我商量就自己來，跟陳長青一樣。」我**埋怨**道。

「見識過你強行拉開那些九子連環鎖的方法，我能不擔心嗎？你行事**魯莽**，讓你去找陳長青，只怕會**出事**，倒不如讓我來找他。」

我抗議道：「行事魯莽的是**他**，你不想想他打算做什麼。」

白素嘆了一聲，「他的行動簡直是**瘋狂**，不知道是否也受到某個星體的影響，才會有這樣的想法。」

「他太相信孔振泉的**推斷**了。」我說。

白素微微點頭，「即使孔振泉的推斷**正確**，但我認為解決方法決不是陳長青所想的那樣。」

我不禁苦笑道：「對。孔振泉指明要我去解決，所以解決方法應該是，讓我 **飛** 到兩三百光年以外，把那七顆看來像是龍一樣的星辰上的星芒 **消滅**。」

白素想了一想，突然望向我，「你沒有 **抓龍** 的本事，卻有 **追逐** 這條惡龍的本事。」

我聽不明白，「追逐……惡龍？」

「我的意思是，這條龍的 **動向**，我們已經知道了，它要 **吞噬** 一座大城市，我們唯一能做的，是追逐牠，把牠的每一個動向，早一步向世人 **宣布**。」

「那有什麼用？並不能改變事實。」

白素嘆了一聲：「這已經是我們可以做的 **極限**，希望人們知道 **災難** 會來臨，尤其是黑點所代表的那些

人，會明白後果的**嚴重性**，防止災難發生。若防止不了，也希望知道這災難會發生的人，能及早逃避。」

我苦笑了一下，「先別說**追龍**，我們現在連陳長青這個傢伙也**追蹤**不到。」

我們抬頭望向前，**夜色**更濃，在暗淡的燈光之下，人影幢幢，擠成了一團，看起來令人心慌意亂。在**茫茫人海**之中，要把陳長青找出來，確實不是容易的事。

我們想不出更好的辦法，只能逐家**旅店**、一處處地方去找。我和白素約好了每天**見面**一次，就分頭去行事。一天接一天，一直又過了十天，仍然未能找到陳長青，我愈來愈**焦急**。那天晚上，我和白素見面時，突然有兩個人逕自向我們走了過來。一看這兩個人的**來勢**，就知道他們不是普通人。

那是兩個青年，其中一個頭髮較短的，**粗聲粗氣**
地問：「你們在找一個叫陳長青的人？」

我吸了一口氣，點了點頭。

另一個的聲音聽來更令人不舒服：「你們是 **一起** 的，
可是住在不同的旅館，每天 **固定時間** 見面一次。」

我一聽，就知道我們被注意已不止一天。其中一人向
我們揚了一揚 證件 說：「你們要跟我們走。」

我和白素交換了一個眼神也不敢作什麼**反抗**，只好跟着他們上了一輛 **小型貨車**。車上除了司機，還有兩名人員在 **候命**，換言之，我和白素被四名人員 **押送** 着。

車窗拉了布簾，我們看不到車外的情況，不知道他們要把我倆送到哪裏去。

大約半小時後，車停了，那四個人站了起來，兩個先下車，另外兩個 **傍着** 我們下車，那是一個相當大的院子，我們被帶到一個房間去，又等了一會，有兩個人走了進來，那兩個人大約五十上下年紀，一看就知 **地位** 相當高，進來之後，也不説話。

我和白素保持 **鎮定**，也不開口，又等了一會，進來了一個看來地位更高的人，他一坐下就問：「你們在找陳長青？」

我點了點頭，那人又問：「為什麼？」

這種問題我們當然早有**準備**，我立即答道：「他是我們的**好朋友**，神經有點不正常，會做莫名其妙的事，所以我們想找他，趁他還沒有**闖禍**，把他帶走。」

「神經不正常？」那人頓了一頓，突然呵呵地笑了起來：「他確實很**不正常**。」

一聽那人這麼說，白素便問：「請問，他**被捕**了嗎？」

那人**考慮**了一會，才點了點頭，我不禁焦急起來，白素向我使了一個眼色，不讓我說話，她說：「請問他為什麼被捕？」

那人冷冷地答：「**亂說話**。」

我**吁**了一口氣，陳長青還沒有做出什麼瘋狂的事

來，只是**亂**說話而已。

那人盯着我和白素，突然問：「你們的身分又是什麼， 坦白說 。」

我們當然不會笨到「坦白說」，我和白素都早已給自己安排了一個假身分，我便說：「我在大學的 圖書館 工作，她是**中學教員**。」

白素怕對方一直追問下去，我倆的身分很容易會被**揭穿**，於是白素盡快把話題帶回到陳長青身上，她問：「陳長青這個人神經不正常，請問是不是可以讓我們知道，他究竟**亂說**了些什麼？」

那人考慮了一下，然後向一名下屬打了一個眼色，那下屬便離開了房間，回來的時候，手上捧着一台 手提電腦。

「以下就是陳長青亂說的話。」那個最高級的人說。

他的下屬立即操作手提電腦，播放**錄音**🎤：

「你們會把一個**大城市**徹底毀滅！」

「別以為那是你們自己的決定，你們身不由己，只是受了幾塊大石頭的**神秘力量**影響……」

第二十章

氣數

他們播了十句八句 **錄音** ，確實都是陳長青的聲音，但聽起來像是平時的自言自語，並非在什麼場合，對着別人說的話。我禁不住問：「這些錄音是陳長青在什麼時候講的？」

那個最高級的人冷冷地說：「這個你們不用管。反正都是他 **親口** 說的。」

白素隨即道：「看到吧，陳長青確實是 **神經失常**，說什麼大石頭的神秘力量，真是莫名其妙。」

我馬上 *附和*：「是啊，他胡言亂語，一定是他 **間歇**

性的神經病發作。不過他只是說了一堆莫名其妙的話，應該沒有**犯法**吧？」

那人靜默了一會，才說：「他構成了。」

「什麼風險？」我和白素禁不住問。

那人對操作手提電腦的下屬說：「你給他們說明一下。」

「是。」那下屬答應了一句，然後一面操作電腦查看數據，一面說：「過去二十天，陳長青在**網絡**上進行了4782條搜尋，訪問過6121個網頁，當中大部分搜尋都涉及一些 **重要人物** 的名字，一些公開活動的資料，還有許多關鍵詞的搜尋，都顯示出他有**不尋常**的動機。」

我和白素呆了一呆，一時語塞。

「還有，這是他近二十天的 *行蹤* 路線記錄，他經

常在一些重要地點附近徘徊，經過 **人工智能** 分析後，認為構成風險的程度相當**高**。」

　　那下屬說着把手提電腦的屏幕轉過來，向我們展示陳長青過去二十天的行蹤**路線**，記錄得極之詳盡精細。

　　我和白素極力掩飾心中的**緊張**，白素說：「他是一個瘋子，行為自然不尋常。他病發的時候會把自己當作**皇帝**，要召見他的大臣，可能是這個原因，所以他不斷去搜尋他的那些『✦大臣✦』。」

我心裏在驚歎白素的 **急才**，連忙附和道：「對，都是我倆不好，來旅遊時忘記提他 **帶藥**，他二十天沒吃藥，才會變成這樣，只要讓我們帶他回去服藥，就沒問題了。」

那主管睥睨着我和白素：「這個人是否有神經病，不是你們説了算，我們自會 **檢驗**。」

如果我們繼續 **步步進逼** 的話，只會引人懷疑，所以白素機智地以退為進，假裝鬆一口氣説：「有你們替他檢驗，那我們就放心了，總比讓他到處 **亂跑** 安全。」

白素這樣説，是希望對方相信陳長青真的有神經病。

而我亦立即配合，假裝如釋重負，「他有專人看着，那就好，我倆甩掉這個 **包袱**，可以盡情玩幾天了。」我説着還牽了一下白素的手。

那人馬上 **喝** 了一聲，説：「誰説你們可以留下來？

你們今天之內要 **離境** ！」

「為什麼？」白素問。

「那麼陳長青呢？」我說。

那人沒回答，只吩咐下屬：「送他們到 **機場** ✈ 去！」

於是我和白素當天晚上就離開了那個城市，至於陳長青能否安然回來，那就只能 **聽天由命** 了。

兩天後，晚上我突然收到了陳長青的電話，相約我和白素到山上去 **看星** 👁。

我們開車到達後，看見陳長青正倚在欄邊看星，我立刻下車，撲過去跟他擁抱。

「你總算 **安全回來** 了。」我說。

這時白素也來擁抱他一下，「太好了，他們願意放你走。」

陳長青開口道：「早兩天，他們忽然對我說，見過我兩

位**朋友**。可是他們説出來的兩個名字，我根本不認識。他們還找來一個貌似是 醫生 的人為我檢查，不斷問我許多問題，那時我便知道，他們所講的兩個朋友，就是**你們**。而你們一定把我説成是 神經病，所以他們才會替我檢驗。」

我用力拍打他的肩頭，笑道：「哈哈，看來你的表現也很好，使他們相信你真的有神經病，終於把你**趕**回來！」

陳長青卻顯得垂頭喪氣，我看看他的雙手，問：「你那枚 戒 指 呢？」

他苦笑道：「我被捕的時候，他們有四五個人，我曾經想過，用那戒指 殺掉 他們，然後逃脱，那絕非什麼**難事**。可是我竟然下不了手，最後我選擇在上他們的車子之前，偷偷把戒指丟到路上，那戒指恐怕已經被**卡車** 輾到什麼也不剩了。」

「面對着**活生生**的生命，你根本下不了殺手。」白素説。

陳長青緩緩地點着頭，「我是不是很**失敗**？很沒用？什麼都沒做到，就被人驅逐回來了。」

這時我忍不住對他**當頭棒喝**：「當然不是！你所做的一切，都證明了你人格的偉大！」

白素亦把她「**追龍**」的想法説出來，藉此安慰陳長青。

但陳長青嘆了一口氣，「愈多人**逃離**，那個城市不是**死亡**得愈快嗎？」

他頓了一頓，再嘆道：「我本來想去阻止這個**大災難**發生。」

「我知道。但你的行動是一點用處也沒有的！」我解釋道：「因為根據孔振泉的推測，三十個**黑點**，最後會

剩下七個；若你此刻真的能成功除去某一個人，那只表

示，這個人**並非**最後七人之

一，他可能屬於其餘那二十三

人，甚至根本是三十個黑點以

外，完全無關的人。」

陳長青顯得很 **?迷惘?**，喃喃

道：「所以不能改變了嗎？明知

會發生⋯⋯而又無法改變的事，

叫什麼？」

我和白素異口同聲慨

嘆說：「**氣數**。」

陳長青有點不甘心，「可是孔振泉明明説你能阻止這個大災禍的。」

我深吸了一口氣，「如果**殺人**能解決問題的話，孔振泉應該找一個最專業的殺手，而非找我。他堅持要找我，那就表示，要用其他的方法來**解救此災**。」

「什麼方法？」陳長青問。

我抬頭望着**★★星空★★**，想了一想，「孔振泉認為我有能力解救此災，可能是因為，他覺得我是世界上接觸**外星人**最多的一個人，若果想要改變東方七宿的星體運行，唯一想到的人就是我了。」

白素和陳長青都跟着我一起**抬頭**望着星空，白素説：「所以，要解決七星聯芒所預示的大災難的話——」

　　我點了點頭，接上去説：「要努力進步。等到某一天，人類進步到可以改變幾百光年以外的星體時，災難或許就能 *解除* 了。」

　　「*來得及* 嗎？」陳長青問。

　　我 **默然**，白素 **默然**，陳長青也 **默然**。（完）

衛斯理系列 少年版 19

追龍 下

作　　　　者：衛斯理（倪匡）

文 字 整 理：耿啟文

繪　　　　畫：鄺志德

責 任 編 輯：陳珈悠　朱寶儀

封面及美術設計：BeHi The Scene

出　　　　版：明窗出版社

發　　　　行：明報出版社有限公司

　　　　　　　香港柴灣嘉業街 18 號

　　　　　　　明報工業中心 A 座 15 樓

電　　　　話：2595 3215

傳　　　　真：2898 2646

網　　　　址：http://books.mingpao.com/

電 子 郵 箱：mpp@mingpao.com

版　　　　次：二〇二一年七月初版

I S B N：978-988-8687-67-1

承　　　　印：美雅印刷製本有限公司